Zum 28. 4. 1991

Hermine und

Eberhard Frank

Hermine und Eberhard Frank

Ich singe mit, wenn alles singt

ICH SINGE MIT WENN ALLES SINGT

Hermine Frank

Bilder: Eberhard Frank

Otto Bauer Verlag Stuttgart

ISBN: 3-87047-067-4

Otto Bauer Verlag Stuttgart

Reproduktionen: Bortt, Heilbronn
Satz und Druck: Rolf Dettling, Pforzheim
Bindearbeiten: Günter Weber, Mühlacker
Printed in Germany

Geh aus mein Herz

Die Bäume stehen voller Laub,
das Erdreich decket seinen Staub
mit einem grünen Kleide.
Narzissen und die Tulipan,
die ziehen sich viel schöner an
als Salomonis Seide.

Die Lerche schwingt sich in die Luft,
das Täublein fleucht aus seiner Kluft
und macht sich in die Wälder
Die hochbegabte Nachtigall
ergötzt und füllt mit ihrem Schall
Berg, Hügel, Tal und Felder

Die Glucke führt ihr Völklein aus
der Storch baut und bewohnt sein Haus,
Das Schwälblein speist die Jungen.
Der schnelle Hirsch, das leichte Reh
ist froh und kommt aus seiner Höh
ins tiefe Gras gesprungen.

Die Bächlein rauschen in dem Sand
und malen sich an ihrem Rand
mit schattenreichen Myrten
Die Wiesen liegen hart dabei
und klingen ganz vom Lustgeschrei
der Schaf und ihrer Hirten.

Die unverdrossne Bienenschar
fliegt hin und her, sucht hier und dar
ihr edle Honigspeise,
Des süßen Weinstocks starker Saft
bringt täglich neue Stärk und Kraft
in seinem schwachen Reise.

Der Weizen wächset mit Gewalt
darüber jauchzet jung und alt
und rühmt die große Güte
des, der so überflüssig labt
und mit so manchem Gut begabt
das menschliche Gemüte.

Ich selber kann und mag nicht ruhn
des großen Gottes großes Tun
erweckt mir alle Sinnen;
Ich singe mit, wenn alles singt
und laß, was dem Höchsten klingt
aus meinem Herzen rinnen.

Welch hohe Lust, welch heller Schein
wird wohl in Christi Garten sein
Wie muß es da wohl klingen,
Da so viel tausend Seraphim
mit unverdrossnem Mund und Stimm
ihr Halleluja singen!

Hilf mir und segne meinen Geist
mit Segen, der vom Himmel fleußt
daß ich Dir stetig blühe.
Gib, daß der Sommer Deiner Gnad
in meiner Seele früh und spat
viel Glaubensfrücht erziehe.

Mach in mir Deinem Geiste Raum
daß ich Dir werd ein guter Baum
und laß mich Wurzel treiben.
Verleihe, daß zu Deinem Ruhm
ich Deines Gartens schöne Blum
und Pflanze möge bleiben.

Ein Rückblick in Dankbarkeit

In unserem Wohnzimmer steht ein Schrank, der uns allen wichtig, lieb und wert ist. Viele Jahre schon leben wir mit ihm, unsere Kinder sind in dieser Zeit herangewachsen, unser Leben hat seine Phasen durchlaufen - er war immer dabei.
Als wir den Schrank erbten, einen weißgestrichenen Aussteuer- und Wäscheschrank der Großtante Anna, da waren wir sehr froh, denn wir besaßen nach dem Krieg fast kein eigenes Möbelstück. Er war so schön groß und geräumig, eine alte Schreinerarbeit, ohne Nägel, mit Holzzapfen zusammengefügt. Es dauerte ein paar Jahre, die ersten harten Nachkriegsjahre der beruflichen und wirtschaftlichen Unsicherheit, des beengten Hausens mit

kleinen Kindern - aber dann fing mein Mann an, den Schrank zu bemalen. Auf die Schranktüren schrieb er zwei Strophen des Paul-Gerhardt-Liedes. Wir liebten es wie kein anderes, es war uns wichtig und hilfreich, es gab uns Zuversicht. Beim Malen holte er Stück für Stück hervor, was im Lied so tröstlich ausgebreitet ist: Blumen, Tiere, Ranken, singende Kinder, Erzählgeschichten - unser ganzes, junges Glück und unsere Dankbarkeit. Unsere Frömmigkeit, möchte ich sagen, denn dies war das Lebensgefühl jener Tage und ist es geblieben. Und ich glaube, daß man Kindern sehr viel mitgibt ins Leben, wenn sie andächtig sein dürfen. Unvergeßlich bleibt, wie fröhlich der Schrank uns machte, welchen Spaß für die Kinder er bedeutete. Erste Sprechversuche, Kinderhände, die voll Freude nach den Schmetterlingen, dem Uhu, dem Eichhörnchen griffen, Kinderlieder, die angestimmt wurden - das dauert noch an und gilt jetzt für Enkel, Nachbarskinder und liebe, kleine Besucher.

Dem nachdenklichen, betrachtenden Blick erschließt sich ein weiteres: In den Türfüllungen sind jeweils zwei Bilder einander zugeordnet. So ergeben sich vier Bildpaare, die in mir eine Empfindung von musikalischem Einklang hervorrufen, von einer Folge in verschiedenen Klangfärbungen. Das sind Grundstimmungen, die unser Leben durchziehen, zu denen vieles beigetragen hat. Darum habe ich auch an den Schluß der folgenden Betrachtungen Stücke aus anderen Liedern dazugestellt: Aus der Fülle der mitgedachten, mitgesungenen Lieder immer eines, das genau an diese Stelle gehört.

Geh aus mein Herz und suche Freud
in dieser schönen Sommerzeit

Ich selber kann und mag nicht ruhn
des großen Gottes großes Tun

Von der Zwiesprache mit sich selbst.

Wie ein tiefer Atemzug beginnt eine Stimme in mir: „Geh aus, mein Herz“! Wohlvertraut, ofterprobt - dieses Lied ist einer der kostbaren Ruhepunkte, wo die innere Zwiesprache beginnen kann. „Mein Herz“, heißt es hier, oder in einem anderen Lied „meine geliebete Seele“. Man kann dieses tiefe zur-Ruhe-Kommen, ich mit mir allein, als ein Haus sehen, von dem ich ausgehe, zu dem ich zurückkehren darf. Der Weg führt in den Kreis des Geschaffenen, in die Lebensfreude, in den Wurzelgrund meiner Existenz. Wie ein Baum will ich werden, denn ich gehöre dazu, ich bin geschaffen wie alles um mich her. Den anderen Weg, gleichsam den Winterweg, kenne ich auch, mein Herz wird ihn nicht vergessen:

Seele, willst du dieses finden,
such's bei keiner Kreatur,
laß, was irdisch ist, dahinten,
schwing dich über die Natur.

Von Psalter und Harfe

Die beiden Bilder der oberen Reihe gehören zusammen: Zwei Instrumente setzen ein, wer hört sie nicht! Die Gewänderfalten, die flatternden Bänder, die Vögel in den Rosenranken und Holunderzweigen - alles klingt mit. Von den musizierenden Kindergestalten geht etwas Verwandelndes aus, zu Boten sind sie geworden, zu Engeln. Im schwerelosen, wortlosen Geflecht der Töne glänzt der himmlische Garten auf:

„welch hohe Lust, welch heller Schein…“!

Wenn ich vorher vom Einatmen, vom zur-Ruhe-Kommen sprach, so ist jetzt das Ausatmen gemeint.

> Ich „lasse, was dem Höchsten klingt,
> aus meinem Herzen rinnen".

Es soll hinübergelangen, über meine menschlichen Grenzen hinweg, was mich so ausfüllt und erhebt. Wie sehr verlangt es mich, daß es den Weg finden möge!

> Lobe den Herren, den mächtigen König der Ehren
> meine geliebete Seele, das ist mein Begehren.
> Kommet zuhauf,
> Psalter und Harfe, wacht auf,
> lasset den Lobgesang hören.

Geh aus mein Herz und suche freud
in dieser schönen Sommerzeit
an deines Gottes Gaben +
Schau an der schönen Gärten Zier

Ich selber kann und mag nicht ruhn
des großen Gottes großes Tun
erweckt mir alle Sinnen +
Ich singe mit, wenn alles singt

Vom Weizen und vom Weinstock, oder: von der Stärke und von der Schwachheit.

Die zweite Reihe stimmt volle, schwere Akkorde an. Zwar wird der Ährenstrauß und das Traubengebinde fröhlich dargebracht, aber die beiden zugehörigen Strophen sind bei aller Freude voll Staunen über ein unbegreifliches und mächtiges Geschehen:

> „Der Weizen wächset mit Gewalt"

und

> „Des süßen Weinstocks starker Saft
> bringt täglich neue Stärke und Kraft
> in seinem schwachen Reise".

Die Worte folgen einander dicht gedrängt, beschwörend und eindringlich - stark, Stärke, Kraft, schwach - ich höre den Nachhall, so wohlbekannt:

> „es wird gesät in Schwachheit und wird auferstehen in Kraft…“

Schnell sind wir in eine Bilderwelt geraten, die tiefe Schichten in uns anrührt. Wenn vom Weizen die Rede ist, dann auch immer vom sterbenden und auferstehenden Korn. Und auch das Bild vom Weinstock ist nicht nur ein Stück Naturseligkeit. Wir sind geübt, darin ein Gleichnis zu sehen, wir haben uns in allen Jahren unseres bewußten Lebens bemüht, das Geheimnis von Brot und Wein zu fassen.

O Höchster, deine Wunder sind
so gut, so zahlenlos,
so groß im Regen, Sturm und Wind,
im kleinsten Korn so groß.

Vom Sommer Deiner Gnad

Die dritte Reihe ist am meisten erfüllt von der reinen Augenlust, von der Sommerseligkeit, die das Lied ausströmt. Blumen werden gebracht, ein Korb mit Früchten. Schmecket und sehet! sagen die beiden Buben, die so prächtig dasitzen in ihren Gewändern. Immer ist Rührung dabei, wenn mein Blick darauf fällt, denn der eine, der mit den Blumen, ist unverkennbar unser Ältester, siebenjährig. Drei Kinder hatten wir, als der Schrank bemalt wurde, deshalb sind auch auf der unteren Leiste drei Wildschwein-Frischlinge mit ihrer Mutter zu sehen, und drei Hühnchen mit der Henne: „Die Glucke führt ihr Völklein aus...“. So frühsommerlich war damals unser Glück.

an deines Gottes Gaben +
Schau an der schönen Gärten Zier
und siehe wie sie mir und dir
sich ausgeschmücket haben

erweckt mir alle Sinnen +
Ich singe mit, wenn alles singt
und lasse, was dem Höchsten klingt
aus meinem Herzen rinnen +

Als fünf Jahre später unser viertes Kind behindert zur Welt kam, begann unser Leben, unsre Lebenseinsicht sich zu ändern. Wir hatten so viel zu lernen. Wenn es das Ziel war, ein guter Baum zu werden und Wurzel zu treiben - der Weg dazu führte nach innen. Nichts war selbstverständlich von da an.

Treib unsern Willen,
dein Wort zu erfüllen,
lehr uns verrichten
heilige Geschäfte,
und wo wir schwach sind,
da gib du uns Kräfte.

Vom Licht in der Finsternis

Wir haben den Schrank immer unsere Hausorgel genannt. Bei allen Festen gehörte er dazu, jeder unserer Weihnachtsbäume stand neben ihm. Das Kerzenlicht spielte über die Bilder hinweg: so waren die Farben immer besonders eindringlich.
Warum brauchen wir denn einen Weihnachtsbaum? - fragte unser jüngerer Sohn einmal, er war damals ein nachdenklicher Schulbub. Wir hatten lauter glasklare, opalisierende Kugeln am Baum, sie schimmerten wie Seifenblasen. Und wir kamen drauf, daß es nichts verletzlicheres gibt, als solche Kugeln, daß unsere Welt so

vergänglich sei wie der Regenbogen, daß das Licht darüber spiele und Sommer und Winter, Tag und Nacht uns geschenkt seien. Fürchtet euch nicht...! das lernten wir damals neu.

Das ewig Licht geht da herein,
gibt der Welt ein' neuen Schein;
es leucht wohl mitten in der Nacht
und uns des Lichtes Kinder macht. Kyrieleis

Ich singe mit wenn alles singt

Unsere Kinder sind jetzt groß und führen ihr eigenes Leben. Sie kommen zwar oft, auch die Enkel sind dabei und es geht festlich und lebhaft zu, wenn alle da sind. Wenn sie dann wieder fort müssen, sind wir doch nicht allein. Der Flügel steht im Zimmer, aufgeschlagen wie früher, die Flöte liegt bereit. Von unserem Schrank geht Freude aus, große Freude. Auch Ruhe. In unserem Lied heißt das „Raum in mir": „Mach in mir deinem Geiste Raum ...". Was für ein herrlicher Gedanke, so schön wie das Bild von der Lerche, die sich in die Luft schwingt, von der Nachtigall, die das Tal füllt, von dem Reh, das aus seiner Höh' ins tiefe

und siehe wie sie mir und dir
sich ausgeschmücket haben

und lasse, was dem Höchsten klingt
aus meinem Herzen rinnen +

Gras gesprungen kommt. Immer wieder haben uns diese Bilder zum Singen gebracht und zu großer Dankbarkeit.

Wohlauf, mein Herze, sing und spring
und habe guten Mut!
Dein Gott, der Ursprung aller Ding,
ist selbst und bleibt dein Gut.

Von den „alten maeren“

Auf den Seitenflächen des Schranks sind die Erzählgeschichten untergebracht, die wunderbaren, wachsenden Geschichten, die morgens oder abends im Bett erzählt wurden - „ausgeschmücket“ wie die Gärten im Lied. Wir alle haben dazu beigetragen.

Mit dem Reiter oben haben die vielen Reitergeschichten angefangen. Sie waren auf seltsame Weise faszinierend: Das kluge Tier, das mich ganz versteht, das mich weithin trägt. Dazu der Ritt übers Land, in die Ferne. Das ging von König Artus' Hof bis zu Winnetous Zelten.

Der Schnitter steht für vielerlei, für alle beharrlichen Fragen, für geduldiges, ausführliches Erklären: wie es früher war, was die Ur-Urgroßväter und -mütter gemacht haben. Vor allem, was sie für Geräte hatten, von denen unsre Sprache noch erfüllt ist, obwohl sie aus unserem Alltag verschwinden. Der Goethe'sche Leitspruch:

> Ältestes bewahrt mit Treue,
> freudig aufgefaßtes Neue

war dabei so augenfällig hilfreich und hat sich auch später, bei unseren heranwachsenden Kindern bewährt.

Viele Märchen und Sagen haben wir erzählt und vorgelesen. Ihre geheimen Botschaften wollten wir weitergeben. Darum steht hier der Fischer mit dem mächtigen Fisch, der alles herbeischaffen kann und der für die unbezwingbaren Elemente steht: Wir dürfen sie nicht erzürnen.
Ganz unten ist Herzog Ulrich, der Württemberger. Er jagt den Hirsch im Schönbuch - „ich schell mein Horn in Jammers Ton, das Wild lauft vor den Hunden..." Bald muß er sein Land verlassen und wird erst nach Jahren zurückkommen.

Den Schafhirten oben auf der rechten Seite haben wir immer den „Zuffenhauser Hirt“ genannt:

„Nächt' ist in unsern Trieb
der gleißend' Wolf gefallen ...“

Die Uhland'schen Balladen waren eine unerschöpfliche Quelle für Geschichten und manchen dort genannten Ort haben wir zusammen aufgesucht.

Ganz unten ist die schönste, längste und geliebteste aller Erzählungen festgehalten:
Vom Löwen, der in die Glasscherbe getreten (nei'dappt!) ist. Der Einsiedler Hieronymus und sein „Löbe" - davon konnten unsere Kinder nicht genug hören. Gewaltige Reden, Koch- und Heilkunst für Löwen in immer neuen Variationen, Löwenerziehung und Löwengebrüll: Der Vater fängt den wohlvertrauten ersten Satz an, um mich herum sitzt und lagert eine ganze Löwenfamilie.

In zwei Bildern zwischen der Hirten- und der Löwengeschichte ist dokumentiert, wie unsere Familie aussah, als der Schrank bemalt wurde! Der Vater mit seinen beiden Buben, die Mutter mit der noch ganz kleinen, strahlend fröhlichen Tochter, die ihre ersten Schritte probiert. Andere Eltern kennen es auch, dieses bedrängende Glücksgefühl, das über uns kommen konnte, diesen Gedanken: halte es fest, nimm es ganz in dich auf, halte still! Auch sie erfahren dann, im Vergehen der Jahre, daß nichts so bleiben kann, daß Weitergehen auch Verlust bedeutet. Sie werden aber dann erkennen, wie unzerstörbar solche Erinnerungen sind, wie sie zu einem Teil von uns werden. Auch das gehört zum „Wurzel treiben".

Vom barocken Lebensgefühl

Was hat uns damals dazugebracht, unsere ganzen Empfindungen durch ein Lied auszudrücken, das mehr als 300 Jahre alt war? Vielleicht haben wir gespürt, wie nahe jene Zeit unserem heutigen Lebensgefühl sein kann. Dort war die Zeit des 30jährigen Krieges - und hier hatten wir die Kriegsjahre gerade hinter uns gebracht, die Kriegsfolgen waren uns allen wohl bewußt. Die Gewissen waren beschwert, sie waren empfindlich geworden, doch nichts konnte man ungeschehen machen. Ein Bedürfnis nach innerem Gleichgewicht, nach Gehaltenheit erfüllte uns. Das fanden wir in reichem Maße bei Paul Gerhardt, diesem Zeitgenossen von Paul Fleming und vom Angelus Silesius, die ebenso zu Wegweisern wurden. „Sei dennoch unverzagt“, sagte der eine, „Du selber bist das Rad“, sagte der andere. Bei Paul Gerhardt kam noch dazu das Angerührtsein von der Ordnung der Schöpfung, das Staunen über die „Wunder der Werke“. Wir fühlten, wie in seinen Liedern aus Welt-Beschreibungen Welt-Gleichnisse wurden und wie er bei so viel bösen und so wenig guten Erfahrungen ein ungemein tröstendes Vertrauen erreicht hatte.

Befiehl du deine Wege
und was dein Herze kränkt
der allertreusten Pflege
des, der den Himmel lenkt.
Der Wolken, Luft und Winden
gibt Wege, Lauf und Bahn,
der wird auch Wege finden,
da dein Fuß gehen kann.

Hermine und Eberhard Frank haben 1944 geheiratet. Ihre standesamtliche Trauung geschah im Luftschutzkeller des Rathauses in Mühlacker, während eines schweren Tieffliegerangriffs.
Sie haben vier Kinder: Reinhart, der älteste, ist heute Dipl.-Ing. für Maschinenbau, Wieland ist Theologe in Wien, Beatrice Historikerin in Tübingen. Die jüngste Tochter Irene lebt im Behindertenheim in Pforzheim.
Hermine Frank hat viele Jahre als Heilpädagogin gearbeitet, Dr. Eberhard Frank war Lehrer, Direktor und Hochschuldozent in Stuttgart. Er war Mitbegründer und Vorsitzender der Kreisvereinigung „Lebenshilfe“ Vaihingen/Enz, Kirchengemeinderat und Vorsitzender der Bezirkssynode Mühlacker. Außerdem hat er sich als Maler, Grafiker und Illustrator vielfach bewährt.

Der Schrank, von dem dieses kleine Buch handelt, wurde in der Zeit vom Sommer 1953 bis Ostern 1954 bemalt, er hat also die Lebensarbeit der Eltern und den Weg der Kinder ins Leben begleitet.